APHORISMES RURAUX

composés par

M. Narcisse FAGES DE ROMA,

Traduits du catalan en français

Por M. Louis FABRE,

*Professeur au Collège
de Perpignan.*

PERPIGNAN,

IMPRIMERIE DE J.-B. ALZINE,
Rue des Trois-Rois, 1.

1854.

APHORISMES RURAUX

BASÉS SUR LES RÈGLES

DONNÉES PAR LES AGRONOMES LES PLUS CLASSIQUES,
ANCIENS ET MODERNES, NATIONAUX ET ÉTRANGERS,
ET SUR LES OBSERVATIONS ET LES PRATIQUES
DES MEILLEURS CULTIVATEURS,

composés par

M. NARCISSE PAGÈS DE ROMA,

Membre de la Junte d'Agriculture de la Province de Girone,
Vice-Président et Fondateur de la Société d'Agriculture
de l'Ampourdan, etc.

Traduits du Catalan en Français

PAR

M. LOUIS FABRE,

Membre de la Société Agricole, Scientifique et Littéraire
des Pyrénées-Orientales, Régent de Troisième
au Collége de Perpignan.

———

PERPIGNAN,

IMPRIMERIE DE J.-B. ALZINE,
Rue des Trois-Rois, 1.

MDCCCLIV.
1854

26966

Avant-Propos du Traducteur.

La Société Agricole, Scientifique et Littéraire des Pyrénées-Orientales a inséré cette traduction dans le dernier Bulletin qu'elle a publié, après l'avoir gardée quatre ans dans ses archives. Aujourd'hui que, sur l'invitation de plusieurs personnes honorables, je me suis décidé à lui donner plus de publicité, j'ai revu naturellement cet opuscule; j'en ai réformé quelques vers, et j'ai substitué à d'autres des variantes qui fesaient partie de mon premier travail. Puisse cette traduction des Aphorismes ruraux estimés dans toute la Catalogne, être aussi bien accueillie de nos agriculteurs, à qui j'en fais particulièrement hommage!

EXTRAITS

DU PROLOGUE DE L'AUTEUR.

La lecture des plus célèbres auteurs d'Agronomie qui m'a occupé plusieurs années, et les observations que j'ai faites moi-même en pratiquant l'Agriculture au centre d'une région éminemment propre à toute sorte d'expérimentations, m'ont induit à composer l'opuscule que je publie. J'ai pensé en même temps que la forme simple et concise, à laquelle j'ai réduit les préceptes des savants agronomes, devait mieux que toute autre initier les cultivateurs aux progrès que tous les gouvernements cherchent à fomenter aujourd'hui. Ce sont, en effet, ces progrès qui peuvent améliorer le sort des sociétés désolées par le paupérisme, qu'enfante l'excès de fabrication et d'industrie, puisque l'agriculture seule donne le pain que réclament les masses affamées.....

Exempt de toute présomption en fait de langage et de style, et n'ayant d'autre but que celui de contribuer, autant qu'il est en moi, à faire parvenir mon pays au degré de prospérité que peut lui donner l'Agriculture, je me suis principalement efforcé de mettre cet art à la portée des cultivateurs peu doués, la plupart, d'intelligence et de mémoire.

Mon travail eût été sans doute moins pénible, si je n'avais pas assujetti ces leçons à la mesure et à la rime, et adopté la forme rigoureuse qu'elles présentent; mais, à coup sûr, j'aurais mal réussi. Qui ne sait d'ailleurs combien les adages et les proverbes sont du goût des hommes champêtres?

J'aurais pu donner aussi plus d'étendue à mon sujet, si j'avais pu méconnaître la vérité du dicton : « Qui trop embrasse mal étreint. »

Si j'ai redit quelquefois les mêmes choses en différents termes, c'est que j'ai cru les mieux graver, par ce moyen, dans la tête des cultivateurs.

Aux avantages que peut retirer des Aphorismes ruraux le perfectionnement de l'Agriculture, il faut joindre ceux qui en reviendront aux propriétaires et au Gouvernement même. Ainsi puisse-t-on détourner enfin l'attention publique de la brûlante arène de la politique pour l'attacher à ce qui influe le plus sur l'amélioration de la condition humaine, sur ce qui doit devenir la base de la prospérité future de la patrie, sur la digne, la noble et la féconde Agriculture!!!

Je recommande ce Manuel aux Sociétés agricoles. J'invoque en sa faveur la protection des curés ruraux, vénérables maîtres de la religion et de la morale. Ils feraient un bien immense à leurs paroissiens et à l'État, s'ils daignaient être aussi maîtres de la bonne culture. Cet enseignement, loin d'être antipathique à ce que leur mission a de sacré, y serait au contraire conforme, puisque notre sainte religion désireuse, comme une tendre mère, du bonheur de ses enfants, ne se borne pas à leur procurer celui de la gloire céleste, mais qu'elle se plaît encore à les voir jouir de celui qui leur est permis sur la terre. Or, le moyen de rendre heureux dans cette vie les habitants des campagnes, c'est de leur apprendre combien leur condition peut être améliorée par le perfectionnement de l'Agriculture, qui ne peut qu'augmenter les produits.

APHORISMES RURAUX.

CHAPITRE I.

MAXIMES GÉNÉRALES.

Aux travaux des champs qui s'applique
Mérite l'estime publique.

Ton état, brave laboureur,
Ne fut jamais un déshonneur.

Plus haut, plus noble est ton lignage,
Plus grand te fait le labourage.

En plaçant l'homme au paradis,
Dieu lui dit : Cultive, mon fils !

Et le Rédempteur, qu'on révère,
Appelle agriculteur, son Père.

A Rome, Consuls et Préteurs,
S'honoraient d'être agriculteurs.

En Espagne, par un Roi sage,
Fut enseigné le labourage.

—

Oui, seul à tout le genre humain,
Le laboureur donne le pain ;
Entourons d'honneur et de gloire
Un service aussi méritoire.

—

Qui forme un bon cultivateur
Du pays est le bienfaiteur ;
Il n'est rien au monde qu'on puisse
Assimiler à ce service.

—

Il est digne d'un bon pasteur
D'instruire le cultivateur.
Rien d'avantage ne rehausse
La charité du Sacerdoce.

—

Bonnes leçons, soins assidus,
Du sol doublent les revenus.

—

Propriétaire qui cultive
Fait preuve ainsi d'une âme active ;
Mais, s'il ne veut point travailler,
Qu'il sache au moins bien surveiller.

—

L'héritier, qui fuit tout ouvrage,
Est indigne de l'héritage.

Par un métayer ruiné
Un domaine est fort mal mené ;
　Quand la misère nous torture,
Il n'est pas de bonne culture.

—

Vends ton domaine promptement,
Si tu ne l'aimes franchement.

—

Tiens une pièce bien bordée,
Si tu la désires gardée ;
　Les revenus sont bien plus beaux,
Quand le terrain se trouve clos.

—

Propriétaire qui s'endette
Bientôt sentira la disette ;
　Celui qui cherche l'usurier
Met un voleur dans son grenier.

—

　Être indolent, ne savoir guère,
Ruine le propriétaire.

—

　Qu'il étudie et soit actif,
Son art sera plus productif.
　Nul ne sort du sein de sa mère
Instruit à conduire une terre,
　Et tous, jusques au savetier,
Doivent apprendre leur métier.

Sans être un esprit hors mesure,
On peut savoir l'agriculture ;
  Le bon sens, l'application,
Sont toute la profession.

—

S'il sait peu, le propriétaire
Appauvrit et famille et terre.

—

  Qui tient les livres à mépris
Reste à la routine soumis ;
  Mais, qui les croit en toute chose,
A s'embrouiller souvent s'expose.

—

  Des livres ne prends, pour ton bien,
Que ce qu'il faut ; mais fais-le bien.

—

  De culture possède un livre,
Mais en tout ne va pas le suivre ;
  N'y prends jamais, pour l'accomplir,
Que ce qui peut te convenir.

—

  Entre les mains d'un lecteur sage
Un livre est d'un fort grand usage ;
  Mais on ne doit pas s'en servir
Sans d'abord beaucoup réfléchir.

—

  Gardant la coutume estimée,
Des nouveautés fuis la fumée.

D'innover connais le plaisir,
Si tu peux perdre sans faillir.

—

Petit à petit rectifie,
Dit l'homme instruit qui se défie;
Car, qui réforme lentement,
Suit un sage commandement;
Mais l'homme à tout progrès rebelle,
A coup sûr manque de cervelle.

—

Sans prétendre à l'invention,
Recherche la perfection.

—

Sache-le bien : Expérience,
En culture, passe science.

—

Qui connaît le sol et le ciel
En culture sait l'essentiel.

—

Si tu fais une expérience,
Ne plains rien, fais en conscience.

—

Afin d'éviter les procès,
Afferme par actes bien faits.

—

Pour les actes d'un bon notaire
Jamais ne regrette un salaire.

Sans hypothèque, de ton bien,
Crois-moi, n'afferme jamais rien.
Sous seing privé, bail ou police,
Ouvre une porte à la malice.

———

De procès abstiens-toi toujours,
Comme de semer sans labours.

———

Pour faire l'achat d'un domaine,
Réfléchis plus d'une semaine;
Climat, terre, exposition,
Doivent fixer l'attention.
De ce que vaut ou non la terre,
Sa couleur ne nous instruit guère.

———

Pour achat de terre en talus
Ne prodigue pas tes écus.

———

Si ton terrain longe une route,
Soigne-la bien, coûte que coûte.

———

Un ruisseau borde-t-il ton champ?
Sois attentif et vigilant.
Le lapin, en creusant sa mine,
Souvent l'inonde à la sourdine.

———

Dès l'aube, quand il est debout,
Un maître actif anime tout;

Mais s'il se tient loin de sa terre,
Chaque chose y reste en arrière.

—

Qui fête tous les saints se rend,
Parmi les riches, indigent.
Géns de marchés, courses et foires,
Ne remplissent pas leurs armoires ;
Outre l'argent que l'on y perd,
La culture en aura souffert.

—

Si tu perds ta terre de vue,
Bientôt son produit diminue.

—

Quand il visite son terrain,
Le maître y laisse tout en train ;
Que de tout il prenne bien note,
Ou son revenu fera faute.

—

Le maître, qui le voudra bien,
Améliorera son bien.

—

Qui délaissera son domaine
Tombera bientôt dans la géne.

—

Quel fumier gras et nourrissant
L'aspect du maître est pour un champ !

Comme il convient que chacun vive,
N'exige pas rente excessive.
  Si tu n'es un peu libéral,
Maître et fermier vous irez mal.

—

  Tiens le bétail et tout ton monde
Éloignés du fumier immonde.
  Si tu veux qu'ils se portent bien,
D'infect chez toi ne laisse rien.

—

  Si dans ton champ l'onde se glisse,
Prends garde qu'elle n'y croupisse.

—

  Pour soigner ta propriété,
Cherche un homme expérimenté.
  Que de régisseurs dont l'adresse
Se borne à bien tenir la caisse !!
  Métayer peu laborieux,
N'en doute pas est vicieux.
  Pour qui veut bien tenir sa ferme,
La besogne n'a pas de terme.

—

  Veux-tu rendre ton bien meilleur,
Toi-même sois-en régisseur.
  Un domaine, qu'on donne à ferme,
A gagné rarement au terme.
  Fermier, progrès, amendement
Fraternisent bien rarement.

D'acheter ne te mets en peine ;
Rends d'abord meilleur ton domaine.

—

En culture être le premier
Ne se peut sans étudier ;
Mais un terrain se bonifie
Sans qu'on aille à l'Académie,
Qu'on soit grand mathématicien,
Géologue, ni physicien.

—

Ne laisse rien perdre en ménage,
Tout pour la terre a son usage.

—

Sociétés d'agriculteurs
Animent les cultivateurs.
L'association assure
Respect, honneur à la culture.

—

Culture et fabrication
Vivez en parfaite union !
Mais êtes-vous en concurrence ?
Rappelez-vous cette sentence :
Qu'industriels et fabricants
Cèdent tous à l'homme des champs.

—

Rien ici-bas ne nous procure
Autant de biens que la culture.

—

CHAPITRE II.

CULTURE.

En culture, tous les progrès
Pour le pays sont des bienfaits.

—

Travaille dûment ton domaine,
Si tu veux récolte certaine.

—

Selon que tu cultiveras,
Tous les ans tu récolteras.

—

Douze ares qu'en règle on façonne
En font vingt qu'à peine on sillonne.

—

Pour être bon cultivateur,
Consulte chaque agriculteur.

—

L'agriculteur a triste chance,
S'il ne cultive avec prudence.

—

Au climat qui n'a point égard
D'action n'en sait pas la part.

Qui laisse appauvrir une terre,
Chaque jour décline et s'obère.

—

Fume bien, sois bon laboureur,
Tu seras bon cultivateur.

—

Tout nid d'oiseaux a sa structure,
Et chaque champ veut sa culture.

—

Du petit fermier vois le champ
Et son labour, c'est important.
Domaine qu'ainsi l'on cultive
Double sa vertu productive.

—

Dé ton champ tu retireras
Selon que tu l'exploiteras.

—

Si ton domaine est en souffrance,
N'épargne ni soin, ni dépense.

—

Qui son bien ne veut pas soigner,
A d'autres doit le résigner.

—

En fatiguant trop ton domaine,
Tu n'auras pas la bourse pleine.

—

Ne soumets à trop de travail
Ni la terre, ni le bétail.

L'hiver trompe-t-il ton attente ?
D'été soigne bien chaque plante.

—

Pour que la culture aille bien,
Il ne faut pas un trop grand bien.

N'épargne rien, argent ni peine,
Pour bien cultiver ton domaine.

—

Qui cultive en se trop hâtant
N'obtient pas tout ce qu'il attend.

Qui mal cultivera sa terre,
A son pays fera la guerre.

—

Bien cultiver est fructueux ;
Mais l'excès en est dangereux.

—

Bref, on voit bien, quand on cultive,
Que toute chose est relative.

TERRES.

Par l'analyse c'est en vain
Qu'on veut connaître le terrain ;
La pratique de la culture
Est l'analyse la plus sûre.

En sol argileux sans excès,
Le blé se sème avec succès.

———

Si la terre se trouve grasse,
Crois-moi, dépense avec audace.

———

La terre est d'un maigre produit,
Quand l'onde du ciel la durcit.

———

Le blé vient en terre argileuse,
Le seigle en terre sablonneuse.

INSTRUMENTS.

Sans une charrue à souhait,
Il n'est pas de labour bien fait;
Ce qu'on observe avec sagesse
Pour les outils de toute espèce.

———

Avec des instruments meilleurs,
Meilleurs seront tous tes labeurs;
Forts, simples, à la main faciles,
C'est ainsi qu'ils seront utiles.

———

Qui déteste un instrument neuf,
Sans examen, est un gros bœuf.
Et c'est un veau, plus qu'autre chose,
Qui rejette le vieux sans cause.

Ne te sers pas d'un instrument
Sans l'essayer auparavant.

—

Ne médis pas de la charrue
Tant qu'à l'œuvre tu ne l'as vue;
Les insensés vont décrier
Un instrument sans l'essayer.

—

Quand du semoir vient la semence,
On dit qu'elle a meilleure chance.

TRAVAUX.

Engrais, que le labour ne suit,
Pour exploiter point ne suffit.

—

Dès que la gerbière s'élève,
Que du champ le chaume s'enlève.

—

Qui ne laboure quand il peut
Ne laboure pas quand il veut.

—

En temps d'agir qui se promène,
De façons prive son domaine.

—

Dormir sur un banc vaut bien mieux
Que labourer terrain fangeux.

Quand la terre n'est point imbue,
N'en approche point la charrue,
   Du moins en un sol sablonneux;
Mais laboure s'il est herbeux.

—

Si le sol est pris par la glace,
Laisse la charrue à sa place.

—

   Brise bien les mottes qu'au champ
Du soc souleva le tranchant.
   Une terre bien labourée
Devra paraître triturée,
   Ce qu'on obtient totalement
Par la herse à multiple dent.

—

A qui sait en régler l'usage
La herse offre un grand avantage.

—

Le champ qu'on a pulvérisé
A bien labourer est aisé.

—

Jamais au labour qui précède
Qu'un labour trop tôt ne succède,
   Afin que la terre ait le temps
D'absorber les gaz fécondants.

—

Retourne la terre argileuse
Plus souvent que la sablonneuse.

Remue à plus d'un pied le champ
Où tu veux semer le froment.

—

La houe en vingt jours ne remue
Autant qu'en un seul la charrue ;
Mais sois bien certain que houer
Vaut beaucoup mieux que labourer.

—

Avant de houer une pièce,
Du terrain remarque l'espèce ;
Imprudemment ne va jamais
Pour le bon prendre le mauvais.

—

Le sol qu'avec soin l'on triture
Se prépare pour la culture.

—

Dans un terrain bien préparé
Bon produit est presque assuré.

ENGRAIS.

De tout temps la bonne culture
Veut de fumier grosse mesure.

—

Double le fumier seulement,
Le produit doublera souvent.

—

Fumer beaucoup, semer à peine,
C'est la règle ; que l'on s'y tienne.

Ne crois pas qu'il soit suffisant
De fumer une fois ton champ.

—

Un repas dont on lui fit fête,
Seul, n'engraisse pas une bête.

—

L'on devra seulement semer
Le sol qu'on a pu bien fumer.

—

La récolte, quoique détruite,
Bien enfouie encor profite.

CHANGER DE SEMENCE.

Je ne dis pas, sois-en certain,
Tous les ans sème un nouveau grain;
Mais je t'engage avec instance
A changer parfois de semence.

—

Si l'épi n'est propre ni plein
Change de semence soudain.

ALTERNER.

Qui veut que son champ se repose
En culture sait peu de chose;
Les récoltes, en s'alternant,
Font assez reposer un champ.

Qui ne change pas de semence
Du sol ruine la puissance.

—

Les racines font discerner
Les plantes qu'on doit alterner :
Verticales et tubéreuses
S'alternent avec les fibreuses.

—

A bien alterner qui s'entend
Est sûr qu'un gros profit l'attend.
Qui sait bien alterner ses graines
Améliore ses domaines.

—

Le cultivateur entendu,
Tout en semant clair, cueille dru.

—

La semence trop enfoncée
Dans le sol demeure oppressée ;
Mais si tu ne la couvres pas,
Les oiseaux en font leur repas ;
Sur le blé trois pouces de terre
Sont un milieu fort salutaire.

—

Sans labour ne sème jamais ;
C'est pire qu'un mauvais procès.

—

Celui qui de bonne heure sème,
Selon moi suit un bon système.

De purger on n'est pas forcé
Le champ que propre on a laissé.

Si tu retardes la semaille,
Ta récolte n'est rien qui vaille.

Le sol une fois préparé,
Qu'au sillon le grain soit livré;
Mais l'automne fût-il sans pluie,
Pour semer n'attends pas qu'il fuie.

Il faut que, l'hiver commencé,
Du blé la racine ait poussé.

SARCLER ET TENIR LE CHAMP NET.

N'épargne rien, laboureur sage,
De ce qu'exige le sarclage.

Quelques sous sont petit objet,
Si ton champ demeure bien net.

Du sol, où le chiendent s'accroche,
Extirpe-le de proche en proche.

A mauvaise herbe aucun quartier,
Ou bien il en sort par millier.

Avant que la fleur se présente,
L'enterrer, c'est vaincre la plante;
Amende tes soins, rarement
L'herbe survit au traitement.

—

Qu'à blé niellé, cela t'importe,
Succède un grain d'une autre sorte.

—

Veux-tu purger ton champ? Prends soin
D'y faire germer le sainfoin.

FAIRE PAITRE LES BLÉS.

Lorsque les blés tu feras paître,
Au champ toujours tu devras être;
Ton troupeau suivra le terrain,
Sinon, perte plutôt que gain.

MOISSONNER.

A moissonner ne t'aventure
Que la récolte ne soit mûre;
Celui qui trop se hâtera
Du blé chétif recueillera;
Mais tardant trop, à juste titre
Il perdra plus d'un hectolitre.

—

A moissonner sois diligent
Et ne perds pas un seul instant.

Laisse bien mûrir, pour qu'il serve,
Le blé qu'à semer on réserve.

BATTRE.

Qui bat au rouleau son froment,
En récolte plus qu'autrement.
Aux haras qui livre son aire,
Fait besogne pire et plus chère,
Sans qu'il puisse déterminer
Le temps qu'il doit se résigner,
Attendant que son tour amène
Les cavales dans son domaine.
Qui d'un rouleau s'est assuré,
Prend son jour et bat à son gré.
Son travail se fait sans cohue,
Et sa dépense diminue.

CHAPITRE III.

ENGRAIS.

L'agriculture et le fumier
En tout temps doivent s'allier.

—

Terre où le fumier se prodigue
Ne redoute point la fatigue.
Le sol jamais ne s'appauvrit
Tant que le fumier l'enrichit.
Mais en peu de temps il s'épuise
Sans fumier qui le fertilise.

—

Si tu ne fumes pas ton bien
Il est bientôt réduit à rien;
Qui sans engrais terre ensemence
Au vent demi récolte lance.

—

Sans fumier, pas de bon terrain;
Avec fumier, bon fruit certain.

—

Sans bétail, fosse à fumier vide,
Et sans fumier, travail aride.

La moisson provient en entier,
Non du semoir, mais du fumier.

—

Si le pain vient de la farine,
Le fumier du grain est la mine.

—

Pour l'engrais il faut du bétail,
Comme il en faut pour le travail.

—

Fosse à fumier trop exigue
Veut grenier de peu d'étendue.

—

Deux gros bœufs fument jusqu'au bout
Soixante-quinze ares en tout.
Et dix brebis n'engraissent guère
Que ce qu'un bœuf fume de terre.

—

Avec fumier tout ira bien,
Et sans fumier tu n'auras rien.

—

Fumer son champ outre mesure
Sans doute nuit à la culture ;
Mais parmi nous c'est un excès
Qui n'aura pas lieu, je le sais.

—

Pour l'emploi des engrais, sans cesse
Du terrain observe l'espèce.

De deux qualités sont tes champs ?
Que les fumiers soient différents.

—

Tu feras nettoyer l'étable
De la manière convenable.
Loin d'être à terre dispersé
Que le fumier soit entassé.
Que la pile en règle se fasse
Et bien taillée à chaque face.
Étroite ou basse elle perdra
Tous les meilleurs sucs qu'elle aura ;
Car pluie, vent et sècheresse
La détériorent sans cesse.
A l'ombre qui tient son fumier
Le traite en homme du métier.

—

Veux-tu voir le fumier putride ?
Tiens-le toujours assez humide.

Voulant ton fumier bien tenu,
Ne regrette pas quelque écu ;
C'est placer son argent de sorte
Que tous les ans il te rapporte.

Mêler les terres est un art
Qui de profits donne sa part ;
Avec les terres on peut faire
Des engrais le plus salutaire.

Les terres qu'on doit transporter
Veulent qu'on sache bien compter :
　Porte sable en terre argileuse,
Argile en terre sablonneuse.

—

　De tous, le sable de la mer
Sera d'un revenu plus clair.
　Quand tu veux employer l'argile,
Va doucement en homme habile;
　Automne, hiver, n'importe quand,
Mais toujours montre-toi prudent.

—

　Le fumier s'accroît de la terre
Qu'on ramasse sous la litière.

—

　A-t-on de la marne? On s'en sert,
Ou l'on ne sait pas ce qu'on perd.

—

　Mais qu'elle soit d'abord laissée
A tous les airs bien exposée;
　En grand avant de l'employer,
En petit il faut l'essayer.

—

　L'écobuage en mainte terre
Au meilleur fumier se préfère,
　Sur un sol plein d'humidité
Ou des racines tourmenté.

**

La chaux jetée avec fréquence
Est des fumiers le plus intense;
    Mais si tu vas en étourdi,
Tu seras mal, non bien loti.

—

Le gypse rendra la jeunesse
Au pré qu'énervé la vieillesse.
    Les légumineuses jamais
N'ont reçu de meilleurs engrais;
    Mais que toujours l'emploi s'en fasse
Lorsque l'eau du ciel nous menace.
    Si c'est en automne, à mes yeux,
Tu t'en trouveras beaucoup mieux,
    Que pour fumer à part on range
Du ruisseau nettoyé la fange;
    La poudre des chemins battus
Est autant de fumier de plus.
    De tout détritus d'arbre ou plante
La pile du fumier augmente;
    C'est un engrais au moins égal
A celui que fait l'animal.

—

Ne vas pas mépriser l'ordure
De tes fosses quand on les cure;
    Si tu répugnes à l'odeur,
Songe du moins à la valeur.
    Des oiseaux fort bonne est la fiente;
Mais elle est un peu trop ardente.

Le fumier que le cheval rend
Bien pourri doit aller au champ;
   Celui du bœuf ne tarde guère
A l'être au degré nécessaire.

   En automne, un parc de brebis,
Laisse un fumier qui vaut son prix.
   Sachez que de la race ovine
Le meilleur fumier c'est l'urine.

   Les cochons donnent un engrais
Bon, dit l'un, l'autre dit mauvais;
   Mais garde-toi, c'est ton affaire,
De l'employer à la légère.
   Au champ qu'il ne soit transporté
Qu'après avoir bien fermenté.

   Des arbres conserve la feuille
A moins que le vent ne la cueille;
   Pour litière étends-la d'abord,
Nul engrais ne sera plus fort.

   Si de limon ton champ se couvre,
Ta porte à la fortune s'ouvre.

   Enterrer des plantes produit
Au laboureur beaucoup de fruit.

Des lacs et des étangs la vase
Des plus beaux produits est la base.

—

Un peu de sel, mais non sans frais,
Serait un stimulant engrais.

—

Du fumier que le tanneur laisse
N'use jamais qu'avec sagesse.
L'employer seul est astringent ;
Mais on le mêle utilement.

—

Ton fumier au champ ne voiture
Que pour l'enterrer à mesure.
De sa qualité tu perdras
En l'y laissant en petits tas.
Rien pourtant n'est plus en usage
Qu'une habitude si peu sage.

—

Si tu veux l'employer entier
En hiver étends ton fumier.

—

De froment récolte abondante
Veut au champ du fumier qui sente.

—

Si le terrain est en talus,
Fume-moi le haut beaucoup plus ;
Car, en descendant, la substance
Nourrit le bas en abondance.

Les cailloux, c'est un fait certain,
Ne nuisent pas en tout terrain ;
  Le champ argileux en demande,
L'ardeur d'une autre s'en amende.
  Loin d'être toujours dangereux,
Ils sont donc parfois fructueux ;
  Par les cailloux qu'aux champs on laisse,
Souvent la semence s'engraisse.

—

  Qui vend sa paille, comme un fou,
Donne pour un liard un gros sou.

—

  Le fumier, changeant de nature,
Devient or par l'Agriculture.

CHAPITRE IV.

BÉTAIL.

Le bétail a toujours été
L'âme d'une propriété.

—

De ton terrain, de tes étables,
Que les soins soient inséparables.

—

Quiconque exploite sans bétail
Vit à peine de son travail.

—

Bétail nombreux, chance certaine,
D'augmenter bientôt un domaine.
Mais qui songe au grain seulement
Ne s'enrichit pas promptement.

—

Que le bétail ait à l'étable
Le nécessaire et l'agréable.

—

Loin de l'étable l'envoyer,
C'est vouloir fort peu de fumier.

Qui le maintient dans les pacages,
Du fumier perd les avantages.

A ton bétail ne donne pas
Toutes les fois un gros repas.
Sers-lui peu, souvent et varie,
Il sera gras à faire envie.

Traite ton bétail doucement,
Il sera doux, intelligent ;
Mais je dis à qui le maltraite :
N'espère pas de bonne bête.

Après dur travail, ne plains point
A tes bestiaux graine ni foin.

Que ton cheval jamais ne trotte,
Qu'il monte ou descende une côte ;
Mais dans la plaine tu pourras
Le presser tant que tu voudras.

Pour faire saillir ta cavale,
Cherche-lui d'abord un bon mâle ;
Plus que la mère, en général,
Le père transmet au cheval.

Un observateur nous explique
Que tout animal domestique

Est, quant à son extérieur,
Semblable au mâle son auteur.
Ne plains donc rien, c'est nécessaire,
Pour obtenir un meilleur père.

—

Jamais tu ne regretteras
L'auge qu'au porc tu donneras.

—

Tout, propre ou non, sans qu'on le trie,
Engraisse le porc ou la truie.

—

Rivière à sec est sans poisson
Et l'eau ne suffit au cochon.

—

A-t-on malade quelque bête?
D'un bon maréchal qu'on s'enquête.
Chez l'empirique, comme un fou,
Ne va pas... C'est un grippe sou.
Si parfois erre la science,
Qu'attendrais-tu de l'ignorance?
Qu'au vétérinaire, à ses cours
L'état accorde son concours.

—

Le sel qu'il prend est d'ordinaire
A tout bétail fort salutaire.

—

As-tu deux bœufs bien accouplés?,
Pour tes labours conserve-les.

Qui de bétail veut faire emplette,
Doit lui tenir pâture prête.
Dedans avise à le nourrir,
Sans qu'il soit forcé de sortir.
Songe bien que de pauvres bêtes
Ne peuvent point vivre de quêtes.

Bien entretenu le bétail
Sera bientôt propre au travail.

Bétail tenu dans le bien-être,
Grossit la bourse de son maître ;
Mais s'il cesse d'être soigné,
Bientôt le maître est ruiné.

—

Élève, c'est de la sagesse,
Du bétail de plus d'une espèce ;
Si l'un donne peu de profit,
L'autre est d'un plus riche produit.
Mais en semant toujours assure
Et sa litière et sa pâture.

—

Qu'au marché bétail n'aille point
Avant d'avoir de l'embonpoint.
La graisse, on le sait, dissimule
Défaut de bœuf, cheval ou mule.
Chacun, quand on a bien cherché,
Est de quelque vice entaché.

L'œil du maître en bétail procure
Graisse avec peu de nourriture.

———

Bétail, que le maître ne voit,
Est plus altéré qu'il ne boit.

———

Que cheval ou bœuf nul n'acquière
S'il n'est expert sur la matière.

———

Bien acheter veut un talent
Qu'on ne rencontre pas souvent.

———

A tromper toujours s'étudie
Le maquignon..., qu'on s'en méfie!

———

Qui veut en bétail progresser,
Par ses prés devra commencer.

CHAPITRE V.

PRAIRIES.

Jamais de bétail sans prairie,
Ou ton travail est duperie.

—

Veux-tu récolter force grain ?
Mets en prés beaucoup de terrain.

—

Beaucoup de foin, peu de semence
Donnent une récolte immense.

—

Les prés donnent la vie aux champs,
Comme aux hommes les aliments.

—

Si tu vois de mauvaises herbes
D'avance dévorer tes gerbes,
Ton champ dès-lors, pour en finir,
En pré devra se convertir.
La terre que le blé harasse,
En devenant pré se délasse.

—

Le pré rend la vigueur au champ
Qu'a trop épuisé le froment.

Parfois en prés l'on aventure
Une moitié de la culture.
  Le tiers encor peut-bien aller;
Du quart il ne faut pas parler.

—

  Moins la terre se trouve bonne,
Plus à la prairie on en donne.

—

  Ton champ pourra, sans nul danger,
En pré quelconque se changer;
  Car le blé jamais ne prospère
Comme une plante fourragère.

—

  Tout terrain peut avec succès
Devenir pré sans de grands frais.

—

  Je prédis prompte pénurie
A toute ferme sans prairie.

—

  Prépare le terrain avec soin
Avant que d'y semer le foin;
  Et que le soc de la charrue
Ne l'ait en tout sens parcouru;
  Qu'enfin cinq labours y soient faits,
Tes prés en deviendront parfaits.
  Mais fume-les en abondance
Avant d'y jeter la semence;

Et comme il faut peu la couvrir;
De la herse il faut se servir.

—

Si tes prés sont à l'arrosage,
Du niveau tu dois faire usage.
Un sol constamment au niveau
S'arrose bien avec peu d'eau.
Donne aux carrés même étendue,
La terre sera mieux imbue.
L'onde écume... Signe assuré
Qu'elle a déjà bien pénétré.
Lors d'ôter l'eau qu'on se dépêche ;
Puis il faut que le terrain sèche.
De suite ménage un ruisseau
Pour épancher tout excès d'eau.
Sans excès arrose la terre,
Et l'arrosage est salutaire.
Mais surtout ne l'inonde pas ;
Ce serait un funeste cas.

—

Suivant le bétail, qu'on y pense;
On devra choisir la semence;
Car les goûts ne sont pas égaux
Parmi différents animaux.

—

Les plantes dûment divisées
À choisir seront plus aisées.

Propage celles que tu vois
Ton bétail brouter avec choix :
  Quantité, qualité, finesse,
S'y doivent observer sans cesse ;
  Les deux extrêmes s'unissant,
L'on a pré riche et nourrissant.

—

  Des prés que donne la nature
Venons à ceux que l'art procure.
  Qui chaque plante traiterait,
Certes jamais n'en finirait.
  De préférence j'énumère
Celles que le bétail préfère :
  La luzerne, le sainfoin, puis
Le trèfle rouge et le maïs.

—

  L'avoine, quand elle prend graine,
Pour ton bétail est une aubaine.

—

  Fais des raves et des navets,
C'est un revenu des plus nets.
  Qui les sème sans les confondre
A ses soins les voit mieux répondre.

—

  Prés de betteraves seiné
Pour tout bétail est estimé.
  Donne-lui les soins qu'il demande,
Et tu verras qu'elle provende !

A l'égard du pré naturel,
Voici l'usage universel :
Lorsqu'on voit que l'épi s'ébauche,
Sans retard il faut que l'on fauche ;
Mais, dans un pré que l'art a fait,
Fauche quand la fleur apparaît ;
Le trèfle rouge, la luzerne
Et même le sainfoin... discerne !

———

S'agit-il de plantes à grain ?
Dès qu'il paraît, fauche soudain.
Toutefois le blé turc exige
Qu'on laisse un peu grandir sa tige ;
D'en couper même ne prends soin
Qu'à mesure de ton besoin.
Mais que le fer tranche la plante
Avant que l'épi se présente.

———

Qui son pré trop tard fauchera,
Paille et non foin recueillera ;
Insipide et triste pâture
Que l'âne même à peine endure.

———

Tous les ans sème-moi tes prés,
Mais de racines délivrés.

———

Pré qu'on a défriché naguère
Produit bien plus que d'ordinaire.

Où tu vis un pré florissant,
Vois quel blé pur et nourrissant.

Tes prés fauchés, en homme leste,
Abstiens-toi de faire la sieste.

Quand l'herbe est sèche, promptement
Entre-la sans perdre un moment.

Crains que, si le temps se dérange,
Ton herbe en fumier ne se change.

CHAPITRE VI.

ARROSAGE.

Ruisseau fugitif, en été,
A mes yeux a toujours été
De l'argent dont souvent on laisse
Dans la mer tomber la richesse.

Ruisseau non saigné, jour et nuit,
Sans féconder le sol s'enfuit.

Les moulins font à mainte terre
Une trop redoutable guerre ;
Ils prennent mille et rendent cent
Et le sol se trouve impuissant.
Il serait temps qu'une mesure
Contr'eux protégeât la culture.

Cependant je ne prétends pas
Que tout moulin soit mis à bas ;
Mais qu'on fasse un juste partage
Aux moulins comme à l'arrosage,
De par les lois, que l'entêté
De ce qu'il veut soit débouté.

L'onde étant le sang de la terre,
Qui l'en prive lui fait la guerre.
    Agriculteurs, n'oubliez pas
De vous unir en syndicats.
    Isolé, le propriétaire
Souvent sans eau verra sa terre.

    Qui n'arrose pas, le pouvant,
En culture n'est pas savant.

    En été jamais ne tourmente
Ta vanne qu'à la nuit tombante ;
    Mais, ne pouvant choisir l'instant,
Profite de chaque moment.

    La feuille dit à qui l'inspecte
Si l'arbre a besoin qu'on l'humecte.

    Sur-le-champ l'on arrosera
La tige qu'on transplantera.

    Que toute plante ait son breuvage,
Quand tu mets fin à l'arrosage.

    L'arrosage, en sol argileux,
Sera rare, mais copieux.
    L'argile, une fois bien imbue,
Retient long-temps l'onde reçue.

Mais, si le terrain est léger,
De pratique on devra changer;
Car il faut à terre absorbante
Dose modique, mais fréquente.

—

L'arrosage a peu de succès,
Si le sol n'a de bons engrais;
Mais là-dessus qu'on se rassure;
Car si tu connais la culture,
L'arrosage te donnera
Les aliments qu'il te faudra,
Du bétail de belle apparence
Et du fumier en abondance.

—

Avec terre, eau, soleil, engrais,
Qui ne prospère est un niais.

CHAPITRE VII.

ARBRES

Rien n'est charmant comme l'ombrage
D'un épais et riant bocage ;
Oui l'arbre, avec son vêtement
De la nature est l'ornement ;
Et d'ailleurs nulle autre culture
Ne produit avec plus d'usure.

—

Avant de bâtir ta maison
Plante des arbres à foison.

—

Laboureur qui plante sans cesse,
De ses fils fonde la richesse.

—

Sur ton terrain, près d'un ruisseau,
D'arbres aligne un vert rideau.

—

Terres où les arbres abondent,
Mieux que toute autre aux soins répondent.

—

Ministres, princes, empereurs.
Partout excitez les planteurs.

Tout arbre heureusement se dresse
Sur un sol d'une ou d'autre espèce.

—

Qui d'excellents arbres voudra
Une pépinière fera.

—

Quand la graine à tomber commence,
Sans tarder fais-en la semence ;
Mais quant aux arbres délicats,
Pendant l'hiver n'en plante pas.

—

De planter au pieu ne te hâte,
Attends que le bourgeon éclate.

—

Tes plants auront succès complet,
Si tu maintiens le sol bien net.

—

Tant que l'arbre a courte stature,
N'élague pas trop sa ramure.

—

En sol aride et privé d'eau
N'admets point d'arbre de ruisseau.

—

Plusieurs ont le funeste usage
De trop rapprocher le plantage.

—

Ne laisse approcher de ton plant
Aucun bétail petit ou grand.

Cette défense despotique
Au chevreau lui-même s'applique.

TRANSPLANTER.

Porte à la transplantation
Beaucoup d'art et d'attention.
Plus la fosse est large et profonde,
Plus la tige sera féconde.

Quand l'arbre est en feuilles, crois-moi,
De le transplanter garde-toi.

A l'arbre qu'ailleurs tu destines
Laisse vivantes ses racines;
Mais qu'on extirpe sans pitié
Ce que le vers a carié.

Est-il touffu? Qu'on l'éclaircisse
De crainte qu'il ne dépérisse.

Au nouveau sol que le sujet
Ait la profondeur qu'il avait.

Couverte de terre d'élite
La racine prendra plus vite.
Choisis la terre de dessus,
Il n'en est pas qui vaille plus.

Elle peut être un peu tassée,
Sans pourtant qu'elle soit pressée.
  Y mêler un peu de fumier,
C'est prouver qu'on sait son métier.

—

  Après janvier, s'il n'est robuste,
On transplante l'arbre ou l'arbuste ;
  Jamais avant, ou c'est en vain,
Sur un humide ou froid terrain.

—

  A l'arbre résineux apporte
Plus de soin qu'à toute autre sorte ;
  Songe qu'il doit être planté
Avant ou bien après l'été.
  A prospérer tu le destines ?
Épargne branches et racines.

—

  L'arbre est-il transplanté ? Prends soin
De l'arroser ; c'est un besoin.
  Un bon tuteur, s'il est trop grêle,
Empêchera qu'il ne chancelle.
  En le palissadant plus tard
Tu le sauves de tout hasard.

—

  L'arbre, que souvent on replante,
Du possesseur trompe l'attente.

—

TAILLE.

Quand aura commencé février,
Tu pourras tailler tout fruitier.

—

Peu surent à tailler s'instruire,
Beaucoup en revanche à détruire.

—

Laisse au tronc, part l'art averti,
Le branchage bien réparti.

—

Qu'assez les branches s'élargissent
Pour qu'au soleil les fruits mûrissent.

—

Branches parasites à mort :
Le nom te dit quel est leur tort.

GREFFE.

Par la greffe, par sa magie,
L'arbre sauvage fructifie.

—

A l'analogie avec art
La greffe doit avoir égard.

—

L'arbre à pépin, qu'on ne l'oublie,
A l'arbre à noyaux mal s'allie.
On sait aussi que le poirier
Se greffe mal sur le pommier.

Quand au sauvageon elle adhère,
Sa douce espèce mieux prospère.

Qui veut voir ses soins triompher
A deux époques doit greffer :
Savoir, dès que février commence
Jusqu'à ce que mai prend naissance ;
Au mois de juin recommencer ;
Mais, quand septembre vient, cesser.
Le climat d'ailleurs est un maître
Qu'ici nous devons reconnaître.

De greffer toujours on s'abstient
Quand la pluie ou le vent survient ;
La greffe même ne comporte
Froid rigoureux ni chaleur forte.

Surtout il te faudra tâcher,
En greffant, de bien attacher
Ensemble l'une et l'autre écorce.
Fais qu'elles tiennent avec force,
Pour qu'arbre et greffe s'ajustant
Coïncident exactement ;
Qu'un liber à l'autre s'allie,
C'est là qu'est toute la magie.
Ajoute adresse, netteté
Et beaucoup de dextérité.

CHAPITRE VIII.

OLIVIERS.

Que de la paix l'arbre prospère
Soit celui qu'à tous on préfère.

Et du froid et de la chaleur
Pour l'olivier crains la rigueur.
D'humidité, de sécheresse,
Chaque excès l'affecte et le blesse.

Des bas-fonds exclus l'olivier :
Sache qu'il est meilleur fruitier
Sur les hauteurs ; mais son branchage
Y doit pouvoir braver l'orage.

En sol léger fais le venir,
L'olivier s'y trouve à ravir.
En terre pierreuse et calcaire,
On trouve encore qu'il prospère ;
Et c'est alors qu'il produira
Une huile qu'on recherchera.
En sol gras il a plus d'ombrage,
Mais moins d'olives en partage.

Chacun pourra, selon mon sens,
D'oliviers avoir de bons plants.
Transplantés par des mains habiles
Leurs rejetons sont tôt fertiles.
Un coin bien net et pas trop frais,
C'est ce qu'il faut pour leur succès;
Et quand ils sont d'heureuse race,
Que le greffoir jamais n'y passe.

—

Sont-ils forts? prends les rejetons
Et fais-moi tes plantations.
Je crois qu'il faut que l'on commence
Lorsque dans février l'on avance.
Consultant la localité,
Un autre dit : après l'été ;
Car en humide et froide terre
Cet usage serait contraire.

—

Fais la fosse, planteur soigneux,
A l'avance, autant que tu peux.
Dans le fond, c'est de la prudence;
Ménage au centre une éminence;
L'onde en découle et peut nourrir
Les racines sans les pourrir.
Plus la fosse a large ouverture,
Mieux elle vaut... Qu'on se rassure.
Aux racines seront laissés
Trois pouces en long, c'est assez.

Puis, mesurant l'arbre, on le taille,
Lui laissant deux mètres de taille.

S'il est possible, tiens au près,
Terre fertile et terreau prêts;
Verse au trou cet engrais d'élite,
Tu verras quels jets il excite.

Dès que l'olivier est planté,
Que le terrain soit humecté;
Et, si la chaleur le dévore,
Reviens-y deux étés encore.

Ne coupe jamais, garde-t'en,
Les pousses de son premier an.
La seconde année on ne touche
Qu'à celles du bas de la souche.
Dans la troisième on éclaircit
Les branches que l'on répartit.
La suivante, quatre branchettes
Equi-distantes et bien nettes,
Prépareront vers le milieu
Aux jets futurs un libre jeu.

———

Plante, de même que tes vignes,
Tes oliviers en droites lignes;
Qu'en tout sens ils soient séparés
De douze pas bien mesurés.

Tout olivier que l'on émonde
En beaux fruits davantage abonde ;
Mais pour opérer sans écart
Il faut bien connaître son art.
Pour cet ouvrage difficile,
S'il se peut trouve un homme habile.

Est-il bien taillé ? l'olivier
Se renouvelle tout entier.
Il faut aussi que tu diriges
En tout sens les nouvelles tiges :
Le premier an, n'y touche pas ;
Au second tu commenceras.
Il faut alors qu'on éclaircisse,
Pour qu'au troisième on répartisse.
Au quatrième attends pour trouver
Les branches qu'il doit conserver.

Il faut que l'arbre toujours reste
Bien net de toute herbe funeste ;
Ce que d'ordinaire on obtient,
Quand un labour sur l'autre y vient.
Mais dès que la fleur est venue,
N'en approche pas la charrue.

Moins l'an s'est montré productif,
Plus à labourer sois actif.

Mais pendant que le soc opère,
A la souche bêche la terre.
Il faut bien extirper surtout
Tout buisson qu'on y voit debout.

—

Quiconque émonde et fume ensuite
Ses oliviers, s'en félicite.

—

A l'olivier terreau bien gras,
Fumier, bonne terre et plâtras,
Font un bon engrais qui l'excite,
Il aime aussi la terre cuite,
Mais si tu l'as pendant deux ans
Bien exposée à tous les vents.

—

Quant aux fumiers, mets-en la couche
Assez distante de la souche.
Les racines les chercheront,
Et, sois-en sûr, les trouveront.

—

Par l'abandon, maigre de sève,
L'olivier soigné se relève.

—

L'olivier te donne en février
Un plus grand produit qu'en janvier.
Quelques-uns diront le contraire;
A l'homme instruit je m'en réfère.

Herrera donne pour certain
Qu'en cueillant l'olive à la main,
Non à la gaule, l'on pressure
Tous les ans à pleine mesure.
Je ne puis l'affirmer ainsi ;
Mais entends-moi crier merci
Pour l'arbre qu'ainsi l'on mutile,
Sans lui faire rendre plus d'huile.
Le maître, témoin de son deuil,
Se sent venir la larme à l'œil.

Sitôt de l'arbre retirée,
Que l'olive soit pressurée.
Qui la laisse trop fermenter
Mauvaise huile veut récolter.
La qualité devient moins bonne
Sans que le fruit plus d'huile donne.
Est fou qui croit qu'en fermentant
L'olive davantage rend.
Seulement elle est plus tassée
Et plus compacte est la pressée.
Ce qui démontre au connaisseur
Quelle est la cause de l'erreur.

Qui bonne veut garder son huile
La transvase, s'il est habile.

CHAPITRE IX.

VIGNES.

Rien comme toi ne répondit,
Bonne vigne, au soin qu'on en prit.
Le cultivateur mal habile
Seul t'accuse d'être stérile.

En lieux bas sème le froment,
Sur les hauts, plante le sarment.

Près d'un chemin, c'est un adage,
La vigne a mauvais voisinage.

Si tu veux voir doubler ton vin,
De ta vigne enclos le terrain.

Le cep, sur des terres pierreuses,
Jette des pousses merveilleuses.

D'un sol calcaire les raisins
Donnent toujours les meilleurs vins.

En un sol où règne le sable,
Fort peu de vin, mais délectable.

Et sur un terrain argileux
Quels ceps et quel vin généreux !
Le Prieuré, la Carignène
En sont une preuve certaine.

Vigne touffue en pays plat ;
Sur les côteaux vin délicat.

Terre en talus toujours rapporte
Un heureux vin qui reconforte.

Pour qu'une vigne ait de bon vin,
Que le soleil y donne en plein !
Car le sarment se bonifie
Quand la chaleur le vivifie.

Désigne tes plants et crois-moi,
Ne te fie à d'autres qu'à toi.
A les connaître je t'engage
Avant de les mettre en usage.

En vigne ayant pleine vigueur
Choisis tes plants avec lenteur ;
Car tout sarment n'est pas propice,
Et toute vigne a quelque vice.

Après le trente-un janvier
Plante tes vignes le premier.
   Au mois de mars on plante, même
Aux approches du saint carême.

—

L'homme sensé séparera
Les qualités qu'il plantera ;
   Aisément ainsi la vendange
Suivant chaque espèce se range.
   Le cultivateur bien instruit
Plus d'une qualité choisit.
   Quatre ou cinq toujours lui suffisent,
Mais plus nombreuses elles nuisent.

—

Dans un trou dûment préparé
Que le sarment soit enterré.
   Qui l'avant-pieu met en pratique,
Doit planter droit et non oblique.
   Un tel système a du succès,
Et cela, sans beaucoup de frais.

—

Quand chaque sarment a sa fosse,
On en obtient du fruit précoce ;
   Mais si l'on creuse un long fossé,
Chaque sarment est mieux placé.

—

Plus il est grand, plus le trou donne
Cette vigueur qui nous étonne.

De terre qu'amenda le vent
Garnis bien le pied de ton plant :
   Tu peux t'en procurer sur place
En la prenant à la surface.

—

Le sol doit être bien tassé
Autour du cep, mais non pressé.
   S'il est humide, l'on est sage
En s'écartant de cet usage.

—

Les sarments faut-il raccourcir ?
De ciseaux on doit se servir ;
   Et pour tailler en faire usage
Offre un merveilleux avantage.

—

Qui vigne en plaine veut planter,
Entre les rangs doit adopter,
   Pour labourer avec aisance,
Près de deux mètres de distance.
   Plus le sol sera généreux,
Plus il faudra d'espace entr'eux.

—

En pays froid lorsque tu plantes
Que tes files soient moins distantes ;
   Mais pour les voir grandir, il faut
Les éloigner en pays chaud.

La vigne veut qu'on la façonne
Toujours avant qu'elle bourgeonne.

—

Le soc y passant après coup,
Plus que la grêle y détruit tout.

—

Bêche bien et biné ta vigne
Quand des gémeaux brille le signe.
La vigne qu'on négligera
De jour en jour dépérira.

—

Qu'autour des ceps d'un an à peine
La bêche souvent se démène.

—

De chiendent le moindre scion
Nuit à la végétation.

—

Qui vigne taille au bas des côtes,
Doit laisser les tiges plus hautes;
L'*humus* qui d'en haut descendra
Par degrés les raccourcira.

—

On taille un cep? Règle constante;
Que l'œil en dehors se présente.
Qui le tourne en tout autre sens,
A mes yeux manque de bon sens.

—

CHAPITRE X.

HORTICULTURE.

Jardin que pourvoit la culture,
Épargne plus d'une mouture.

—

Pommes de terre, herbages frais
Et légumes sont pains tout faits.

—

Eau, travail, fumier et science
D'un bon jardin voilà l'essence.

—

En agriculture, que l'art
Ait toujours une grande part.

—

Le jardinier qui ne sait guère
A bientôt appauvri sa terre;
Mais, par les soins d'un homme instruit,
En produisant elle enrichit.

—

Le jardin à des soins oblige
Que nul autre terrain n'exige.

Les fruitiers ont peu de succès
Quand on les rapproche à l'excès.
Entre les arbres, taillés, pense
Qu'il faut six mètres de distance.

—

En terre triturée on peut
Ensemencer tout ce qu'on veut.

—

Pour le jardin qu'on se procure
De bon fumier en pourriture.

—

Un arbuste est-il transplanté ?
Qu'il soit à l'instant humecté.

—

Si tu ne plantes pas toi-même,
Tu suis un ruineux système.

—

Du froid garde tout arbrisseau;
En été donne lui de l'eau.

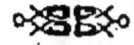

CHAPITRE XI.

CONSTRUCTIONS RURALES.

Fais une maison qui convienne
A ton état, à ton domaine.

—

Quand on a de l'argent mignon,
Sans besoin qu'on ait le maçon.

—

Point de luxe... Qu'on le bannisse
Toujours d'un champêtre édifice.
Mais tu dois tout faire avec goût,
Sans que trop fort en soit le coût.

—

Que la maison, solide et grande,
Par l'utile se recommande.

—

N'y loge jamais, pour ton bien,
Si l'air n'y circule pas bien.
Pour ton usage et ton étable
Qu'il s'y trouve de l'eau potable.

—

Que le grenier bien sec et grand
Jamais ne sente le relent.

Qu'un air frais souvent y pénètre,
Et toujours sous les yeux du maître.

—

Au cellier, la chaleur qu'il faut,
Sont dix degrés, jamais plus haut.
Que le soleil jamais n'y donne,
Et que surtout rien n'y résonne.

—

Loin du moulin la saleté !
L'huile demande propreté.
Veilles-y bien et ne t'étonne
Du bon conseil que je te donne.

—

Dans un magasin bien tenus
Tes outils dureront bien plus.

—

Tes pailliers à l'écart confine ;
Crains pour eux péril et ruine.

—

Le bétail doit être toujours
A l'aise dans les basses-cours.
Fais-leur une étable attrayante
Non une prison effrayante.

Comme le porc fouit jour et nuit,
Avec soin pave son réduit.

—

Qu'en ses champs le maître ménage
Un bon logis pour son usage.
Il voit sa ferme assidument,
S'il s'y trouve commodément.
Et plus il visite sa terre,
Plus, sous ses yeux, tout y prospère.

AIRES.

Pour avoir une aire à souhait,
On durcit à grands coups de hie
La terre d'abord aplanie
Et puis l'argile qu'on y met.
Qu'aucune herbe jamais n'y croisse ;
Point de crevasse en ton terrain,
Ou tu verras avec angoisse
Cent pestes envahir ton grain,
Et frustrer le maître et la ferme,
Du blé pur que l'épi renferme.

—

Prends toujours bien soin de remplir
Tout vide, ou le rat y pullule ;

La taupe sans yeux y circule,
Mille insectes vont t'assaillir :
Rejette au loin tant d'immondice.
Fais la guerre au hideux crapaud ;
Loin de l'aire qu'il se blottisse ;
Chasse la fourmi comme il faut ;
Elle volerait à toute heure
Du grain pour fournir sa demeure.

CHAPITRE XII.

ADMINISTRATION.

L'économie est un trésor
Qui t'enrichira plus que l'or.

—

Du ciel, écrit Caton le sage,
Je n'eus que deux lots en partage :
La culture premièrement,
Et l'épargne secondement.
Des achats fuyant la manie,
A vendre borne ton envie :
C'est Caton qui l'a dit aussi,
Et moi je le répète ici.

—

Jamais, sans juste économie,
Ne prospère une métairie.

—

Sans bonne administration
Malheur à l'exploitation !

—

Les comptes que veut la culture
Ne vont pas bien sans l'écriture ;

Il faut chiffrer, et, chaque soir,
Compulser le Doit et l'Avoir.

—

Activité, règle sévère,
C'est ce qui fait que l'on prospère.

—

Sans épargner, travailler bien,
D'ordinaire ne mène à rien.

—

Ordre, économie et prudence
Te sauveront de l'indigence.

—

Chaque jour exigeant son pain,
Chaque jour songe à faire un gain.

—

De trous une bourse criblée
D'écus ne fut jamais gonflée.

—

Tu ne peux pas toujours gagner;
Mais tu peux toujours épargner.

—

Si tu te vois dans la détresse,
Aux champs tu rempliras ta caisse.

—

Lorsque tu n'en as plus besoin,
Serre ta charrue avec soin.

Range de même, afin qu'il dure,
Chaque instrument d'agriculture.

—

A tout mauvais temps exposés,
Les outils sont bientôt usés.

—

Sous la main on a chaque chose
Quand à sa place on la dépose.

—

Quand le temps s'oppose au labour,
Aux outils consacre ce jour.

—

Tout bois que l'on peinture à l'huile,
Sera bien plus long-temps utile.

—

Bien marié, l'agriculteur
Ne sait pas quel est son bonheur.

—

Ce que fermière économise,
Impossible qu'on nous le dise.

—

Qui champs achète sans argent
Se rend plus pauvre en achetant.

—

Ne livre jamais ta charrue
Qu'à personne bien entendue.

Qui par sa faute perd un œuf,
Aussi bien pourra perdre un bœuf.

En bon état, sans qu'elle serve,
Tiens une charrue en réserve ;
Lorsque l'une vient à faiblir,
L'autre est toute prête à servir.

De tout muni pour tout usage,
Tu feras à point chaque ouvrage.

Un seul jour fais-tu le lambin ?
De huit jours tu perdras le gain.

A demain jamais ne diffère
Ce qu'aujourd'hui tu pourras faire.

Qui lui-même mène son bien
Ne doit s'occuper de plus rien.

Que son œil partout se promène,
Ou fort mal ira son domaine.

Propriétaire peu soigneux
Fut de tout temps nécessiteux.

Et si des cafés il s'approche,
Il court à l'hôpital en coche.

De qui travaille avec lenteur
La bourse n'a pas de rondeur.

—

Qui tient sa paille toute enclose,
En aura trop petite dose.

—

Ce qu'il faut à profusion
Ne peut tenir dans la maison.

—

Meules d'herbe prends soin de faire
Comme on en voit d'épis à l'aire ;
Celui-là manquera de foin,
Qui peut l'enfermer avec soin.

—

Du grenier prends un soin extrême ;
Mais au pailler songe de même.
Qui paille ou foin prodiguera,
Tant qu'il en ait, en manquera.
Au cœur de l'hiver conjecture
Si tu dois changer de mesure.

—

Qui comptera sur plus d'un gain
Peut s'attendre à profit certain.
Qui cueille un peu de chaque chose
S'il craint la gêne, c'est sans cause.

—

Tel frais te semble bien petit,
Et la maison s'en appauvrit.

Tout doucement vient la richesse
Qu'accroissent travail et sagesse.

—

Petits gains, répétés souvent,
Te rendent enfin opulent.
Petit gain, perte imperceptible,
Au bout de l'an tout est sensible.

—

Cultivateur, tiens-le pour dit :
Sans le travail point de profit.

—

Qui travaille avec énergie
Aura du pain toute sa vie.

—

Entre ton grain sec ; autrement
Crains qu'il ne sente le relent.

—

Et si tu veux qu'il se conserve,
Que la pelle souvent te serve.

—

La pomme de terre est du pain ;
Dieu l'envoya contre la faim.

—

L'agriculteur, tant soit peu sage,
A forfait donne chaque ouvrage.

—

Des domestiques trop nombreux
Dépensent plus sans faire mieux.

Ta ferme, sans rapport, public
Ta sottise ou ton inertie.

Qu'aux champs rien ne se perde en vain;
Chaque chose y procure un gain.

Faute d'un travail plus utile,
Du fumier va grossir la pile.

Sans luxe domaine exploité
A toujours bien plus rapporté.

Aux champs je vais te dire comme
Tu dois choisir ton majordome :

Qu'une parfaite probité
Soit sa première qualité ;
Qu'il connaisse bien la culture
Et secrets de toute nature ;
Qu'il puisse affronter la rigueur
Du froid comme de la chaleur;
Qu'il dirige hommes et charrue
Et partout promène sa vue.
En bétail expert, s'il t'en faut,
Il les achète sans défaut.
Qu'il traite bien ton domestique
Et qu'à toute chose il s'applique.

Que levé toujours le premier,
Il gagne son lit le dernier.
Il devra non-seulement lire,
Mais compter et souvent écrire;
Commis pour te représenter,
Il doit en tout le mériter.

—

Traite avec douceur et prudence
Ceux qui sont sous ta dépendance :
Car à tel maître, tel valet;
Rien n'est plus vrai, chacun le sait.
Tolère qu'un valet t'avise,
Mais jamais qu'il te contredise.

—

Valet, manquant de probité,
Ne doit pas être supporté ;
Et s'il a mauvaise conduite,
De ta maison qu'il parte vite.
Sur ce chapitre être indulgent,
C'est être plus que négligent.

—

Dans la direction sois ferme,
Sans pourtant dépasser un terme.
Qui veut se faire respecter,
Doit reprendre sans s'emporter.

—

Tout maître, doué de prudence,
Veut unité dans la puissance.

Quand tout le monde fait la loi,
Le royaume est en désarroi.

—

Le paresseux propriétaire
De récolter en vain espère.

—

Fermière assidue au rouet
A toujours chemise à souhait.

—

Dormant la grasse matinée
N'espère pas de bonne année.
Celui qui se lève matin
Seul remplit son grenier de grain.

—

Qui beaucoup dort et se repose
A devenir pauvre s'expose.

—

Un peu de paille est sous tes pas,
Sans la lever ne passe pas.
De fumier la moindre poignée
Se retrouve au grain de l'année.

—

Ouvrage dûment commencé
Est au début fort avancé.

—

Avant d'affermer une terre,
Médite ce que tu dois faire.

Pense qu'avec ton métayer
Tu vas vraiment t'associer.

—

Si tu chéris tes enfants, sème
Et, crois-moi, laboure toi-même;
Ou si le travail te fait peur,
Délègue un bon cultivateur.

—

Si par toi ton fermier s'obère,
A ton grenier tu fis la guerre.

—

Si tu fatigues ton terrain,
En culture tu n'es pas fin.

—

Par métayer si tu cultives,
De tes plus beaux fruits tu te prives.
Au lieu d'être maître et seigneur,
Tu n'es qu'un simple collecteur.

—

Que sans toi le fermier ne puisse
Sous-fermer suivant son caprice.

—

Paie avec soin à tes valets
Les gages que tu leurs promets.
S'il n'est payé, ton domestique
Avec insolence réplique ;
Ta dette croît, forme un faisceau,
Et bientôt est un lourd fardeau.

Veux-tu de bons valets? N'engage
Ami, filleul, ni parentage.

—

Paie exactement en travaux
Ta taxe aux chemins vicinaux.

—

Les fruits ont leur valeur? Vends vite;
On est dupe quand on hésite.

—

Domaine du maître oublié,
Ne lui rapporte que moitié.

—

Et souvent s'y trouve engloutie
Du capital bonne partie.

CONCLUSION.

Mais je touche au bout de ma tâche.
En quelques vers j'ai consigné
Ce qu'il convient que chacun sache ;
Ainsi j'ai presque terminé.

Comme l'objet de cet ouvrage,
Qui n'est qu'un modeste abrégé,
N'en réclame pas davantage,
De mes lecteurs je prends congé.

Écrit sans faste, si ce livre
Des agriculteurs est goûté,
Au premier appel, je me livre
Aux soins qu'exige un vrai traité.

Je ne poursuivis, je le jure,
En tout temps d'autre ambition
Que d'exciter l'agriculture ;
Je réponds à ma mission.

Je réponds aux vœux d'Isabelle
Qui me confie un tel devoir.
Heureux et fier si par mon zèle
J'accomplis son royal espoir.

Ainsi notre belle patrie,
Se couvrant de fleurs et de fruits,
Se verrait bientôt convertie
En un terrestre paradis !

Les éléments de la culture
Ne manquent pas en ce pays.
Qu'on y seconde la nature,
Les yeux seront tout ébahis.

Accepte donc cet opuscule
Honnête et bon cultivateur ;
Ce n'est qu'une simple formule
Que tu peux apprendre par cœur.

En voyant qu'en Espagne, en France,
Partout on vit de ta sueur,
A te vouer son existence
Qui ne sent doubler son ardeur ?

On croit que ce petit ouvrage,
Du catalan mis en français,
Peut être de quelque avantage
A nos braves Roussillonnais.

Des bienfaits de l'agriculture,
Mon cœur dès long-temps enchanté,
S'écrie : O Peuples ! la nature
Mit là votre prospérité.

Si ces vers touchaient votre oreille,
Qu'il serait fier Roma, l'auteur,
Dont la voix ici vous conseille !
Qu'il serait fier son traducteur !

FIN.

Librairie de J.-B. Alzine.

=

AGRONOME (l') ou Dictionnaire portatif du Cultivateur : contenant toutes les connaissances nécessaires pour gouverner les biens de campagne et les faire valoir utilement, etc.; 2 vol. in-8° rel.   6 fr.

ALMANACH DU CULTIVATEUR ET DU VIGNERON (1854-1855), par les Rédacteurs de la *Maison Rustique*, 11e et 12e années, à 75 c.

ALMANACH DU JARDINIER (1854-1855), par les Rédacteurs de la *Maison Rustique du XIXe siècle*, 11e et 12e années; in-16 de 200 pages, avec gravures, à   75 c.

ART de préparer les terres et d'appliquer les engrais; trad. de l'anglais par *Bulos*; 1 fort vol. in-12.   5 fr. 50 c.

BIBLIOTHÈQUE DU CULTIVATEUR ET DU JARDINIER, publiée avec le concours du Ministre de l'Agriculture.

Cette Bibliothèque se compose des Traités suivants, publiés jusqu'à ce jour, et qui se vendent séparément, le volume in-12, br.,

1 fr. 25 c.

L'Éleveur de Bêtes à cornes, par Villeroy, 2e édition, 438 pages et 60 gravures.—*Races bovines de France, Angleterre, Suisse,* par de Dampierre, 240 pages et 16 gravures.—*Oiseaux de basse-cour et Lapins,* par Mad. Millet-Robinet, 204 pages et 11 gravures.—*Fermage* (Estimation, Plan d'amélioration, Baux), par de Gasparin, 2e édition, 384 pages. — *Métayage* (Contrat, Effets, Améliorations), par de Gasparin, 2e édition, 166 pages.—*Arithmétique et Comptabilité agricoles,* par Lefour, 268 pages et 12 gravures.—*Géométrie agricole* (Dessin linéaire, Arpentage, Toisé), par Lefour, 220 pages et 150 gravures.—*Sol et engrais,* par Lefour, 204 pages et 36 gravures. — *Houblon,* par Erath, traduit de l'allemand par Napoléon Nicklès, 136 pages et 22 gravures. —*Le Pêcheur à la mouche artificielle et à toutes Lignes,* par de Massas, 204 pages et 27 gravures.—*Fruits (Conservation des)* par Mad. Millet-Robinet, 180 pages.—*Animaux domestiques,* ou Zootechnie générale, hygiène, extérieur du cheval, par Lefour. — I. — 180 pages et 55 gravures.— *Asperge,* culture naturelle et artificielle, par Loisel, 2e édition, 1 vol. in-12 avec planches. — *Melons,* nouvelle méthode de cultiver ces plantes, sous cloches, sur buttes et sur couches, par Loisel, 1 v. in-12 avec planches. — *Économie domestique,* par Madame Millet-Robinet, 1 vol. in-12, avec planches.

BON (le) JARDINIER pour 1854, par Poiteau, Vilmorin, Decaisne, etc.; 1 fort volume in-12, br.   7 fr.

BOUVIER-MODÈLE (le), traitant des soins à donner aux chevaux, à l'étable, à la bergerie, etc., par *Hocquart*; 1 vol. in-18, br., 1851.　2 fr.

BOUVIER PARFAIT (le nouveau), ou traité complet sur le gouvernement des bœufs, des vaches, des chevaux, des moutons, des chèvres, etc.; par M. *H. L.*; 1 fort vol. in-12, br., 1852.　2 fr.

CHIMIE INDUSTRIELLE (Précis de) à l'usage des écoles préparatoires aux professions industrielles, des fabricants et des **agriculteurs**; par *A. Payen*, auteur du *Précis d'Agriculture*; 1 fort volume in-8° et un atlas de planches. 1851.　15 fr.

CONSEILS AUX AGRICULTEURS, suivis de rapports sur la question viticole, par *J.-E. Dezeimeris*; 1 vol. in-12, br.　1 fr. 75 c.

COURS ÉLÉMENTAIRE D'AGRICULTURE, par MM *J. Girardin* et *A. Dubreuil*; 2 forts volumes in-18 jésus, illustrés de 842 fig. dans le texte, br.　15 f.

COURS ÉLÉMENTAIRE, THÉORIQUE & PRATIQUE D'ARBORICULTURE, précédé de quelques notions d'anatomie et de physiologie végétales, par M. *A. Dubreuil*; très fort vol. in-18 jésus, illustré de 700 figures dans le texte, et de planches gravées sur acier, publié en deux parties, br.　9 fr.

COURS D'AGRICULTURE, par *de Gasparin*, de l'Académie des sciences, ancien ministre de l'Agriculture; 5 volumes in-8°, avec gravures, *br*. 57 fr. 50 c.

DICTIONNAIRE COMPLET D'AGRICULTURE, théorique, pratique, économique et de médecine rurale et vétérinaire; suivi d'une méthode pour étudier l'agriculture par principes; rédigé par l'abbé *Rosier*; 10 vol. in-4°, avec planches, *rel*. 60 fr.

DICTIONNAIRE (nouveau) D'AGRICULTURE PRATIQUE, par une Société d'Agriculteurs et de Légistes, sous la direction de M. Daunassans. — Ouvrage rédigé d'après les auteurs les plus estimés et sur de nombreuses observations inédites; 1 fort volume petit in-4° de près de 800 pages; *br*., 1854. 12 fr. — 10 fr.

ESSAI SUR L'ÉCONOMIE RURALE de l'Angleterre, de l'Ecosse et de l'Irlande, par *Léonce de Lavergne*; 1 vol. in-8°, *br*., 1854. 6 fr.

FUMIERS (des) CONSIDÉRÉS COMME ENGRAIS, par M. *J. P. L. Girardin*; 1 vol in-12, avec 14 figures dans le texte. 4 fr. 25 c.

GUÉRISON DE LA VIGNE MALADE par un nouveau mode de culture, par l'abbé *J.-B. Delpy*; 1 vol. in-8°, *br*., 1855. 2 fr.

GUIDE DES CULTIVATEURS (Le véritable), ou vie agricole de Jacques Gouyer, dit le paysan philosophe, avec des notes, par *Dezeimeris*, 2ᵉ édition ; 1 vol. in-12 de 248 pages, br.   1 fr. 75 c.

INSTRUCTION élémentaire sur la conduite des arbres fruitiers, *greffe, — taille, — restauration des arbres mal taillés*, etc., par M. *Dubreuil* ; 1 vol. in-12 avec planches dans le texte, *br.*, 1854.   2 fr.

JARDINIER (le) pratique, ou *Guide des Amateurs* dans la culture des plantes utiles et agréables, par MM. *Jacquin* et *Rousselon* ; 1 fort volume in-18, *br.*, 1851.   2 fr. 25 c.

MAISON (la nouvelle) RUSTIQUE, encyclopédie-manuel de toutes les connaissances utiles à un habitant de la campagne, par M. *de Châteauneuf* ; 2 vol. in-8°, *br.*, avec planches.   5 fr.

MAISON RUSTIQUE DU XIXᵉ SIECLE, 5 vol. in-4°, *br.*, équivalant à 25 volumes in-8° ordinaires, avec plus de 2.500 gravures représentant tous les instruments, machines, appareils, races d'animaux, arbres, arbustes et plantes, serres, bâtiments ruraux, etc. ; publiée sous la direction de MM. BAILLY, BIXIO et MALPEYRE, par MM. *Audouin, Bonafous, Héricart de Thury, Huzard, Payen, Puvis, Sylvestre,*

Tessier, de la section d'agriculture de l'Académie des sciences, etc., etc.

Les cinq volumes (ouvrage complet). 39 fr. 50 c.
Le 5ᵉ volume (*Horticulture*) se vend
séparément.   9 fr.   »   c.

MALADIE DE LA VIGNE, connue sous le nom d'**Oïdium Tuckeri**, étudiée aux points de vue divers de la marche de son invasion, de ses caractères, des causes qui l'ont produite, des moyens préventifs et curatifs employés pour la combattre, par M. *Loudet*; brochure in-8°, avec une planche in-4° dessinée d'après nature, 1852.   2 fr.

MANUEL DE L'AGRICULTEUR COMMENÇANT, par *Schwerz*, traduit par *Villeroy*; 1 vol. in-12, br.   75 c.

MANUEL du Drainage des terres arables, par *J.-A. Barral*; 1 fort vol. in-12 avec un grand nombre de planches, br.   6 fr.

MANUEL PRATIQUE DE JARDINAGE, contenant la manière de cultiver soi-même un jardin, ou d'en diriger la culture, par *Courtois-Gérard*; 1 fort vol. in-12, br.   5 fr. 50 c.

OLIVIER (Culture de l'), par *de Gasparin*; in-8° de 114 p.   4 fr. 75 c.

PRATIQUE (la) du Jardinage, par M. l'abbé *Roger-Schabol*; 2 vol. in-8° avec pl., 1797.   5 fr.

www.ingramcontent.com/pod-product-compliance
Lightning Source LLC
Chambersburg PA
CBHW060433260626
47161CB00005B/1913